DESASSOSSEGO

ODÍLIO VICENTE DE MELO JÚNOR

DESASSOSSEGO

Roger Jackson era um escritor de *thrillers* policiais e histórias de tramas macabras. Adorava temas que flertavam com o sobrenatural. Suas histórias giravam sempre em torno de mundos paralelos e atmosferas sombrias coloriam as linhas e os capítulos nas tramas desse criador original. Era autor de meia dúzia de romances que lhe deram por uns tempos o gostinho da fama. Logo no segundo livro, alcançou o reconhecimento da crítica e do público. Tornou-se uma figura conhecida no meio literário.

Roger vivia sozinho num confortável apartamento no centro de uma agitada metrópole, onde a poluição do ar e o barulho eram uma constante. Ele morava no vigésimo andar de um prédio e, nessa posição, podia observar a cidade lá do alto, através da parede envidraçada da sua sala de estar.

O escritor de trinta e sete anos era solteiro e não tinha parentes residindo próximo. Era natural de uma cidade do interior, chamada Calmaria, um lugarejo perdido por trás de um parque florestal. Havia nascido naquele ambiente rural, acostumado ao canto majestoso dos pássaros, ao cheiro da terra, ao canto das cigarras nos finais de tarde. Ele tinha nascido num majestoso solar pertencente à sua família.

O "Solar do Sossego" era um lugar aprazível, tendo sido erguido por seus avós paternos. Foram anos gloriosos que passou naquela atmosfera natural. Desde cedo, acostumou a se embrenhar pela mata que cercava a imponente construção. Sempre se fazia acompanhar por seus irmãos e primos nas expedições que organizavam. Saíam de manhã após o café e adentravam nas cercanias do sítio. Muitas vezes só retornavam à tarde para casa, exaustos, famintos, mas felizes por mais um dia de brincadeiras e correrias pelas brenhas que cercavam a propriedade.

O Solar ficava nas redondezas da pacata cidade de Calmaria e era frequentado pela família do escritor. Naquela época, nos finais de semana havia sempre uma turma animada que se reunia para encontros festivos. Roger era, desde cedo, um grande observador e ficava espreitando o movimento dos seus parentes e amigos. Gostava de escrever e estava sempre às voltas com alguma nova aventura literária. Desde a escola havia descoberto esse seu dom de contador de histórias. Ele escrevia com uma elegância vernacular que impressionava não só os seus parentes como professores e colegas.

Terminado o ensino médio numa escola pública da cidadezinha, Roger teve que se mudar para a metrópole, quando foi aprovado para o curso superior de Letras. Era uma importante conquista, uma mudança de rumo e, desde cedo, aprendeu a se virar, mantendo o apartamento onde agora residia. Na época, tinha conseguido um emprego num jornal da cidade, e isso lhe proporcionou uma certa liberdade para desenvolver o seu dom de criador. Com o tempo, sentiu-se entediado, pediu demissão do emprego e passou a viver exclusivamente da sua produção literária.

A MUDANÇA DE RUMO

Haviam se passado muitos anos e Roger acostumou-se ao murmurinho da cidade grande. Todavia, nos últimos tempos, Roger andava acabrunhado com o mau resultado nas vendas dos seus livros. Outrora tinha um agente literário que, de uma hora para outra, rompeu o contrato e o escritor ficou em uma situação complicada. Havia se habituado a compor as suas tramas e a dividir com o agente o trabalho de divulgação das suas obras. Agora, sozinho, nesse mundo do mercado literário, se sentiu meio sem chão.

Sem o auxílio precioso de seu agente literário, se viu numa situação a que não estava acostumado. Teria, ele mesmo, que promover a divulgação e venda dos seus trabalhos. Não estava habituado a realizar tal tarefa e teve, então, que se esforçar e sair um pouco da sua zona de conforto para ir às editoras e apresentar as suas criações. Não demorou muito para Roger compreender que aquele não era trabalho para ele. O ex-agente sempre se encarregava de fazer essa parte comercial com os editores, os organizadores de feiras literárias e o público em geral. Sua preocupação maior era a produção textual e delegava ao seu agente a missão de divulgação direta dos seus escritos.

Depois de semanas difíceis, sem qualquer produção, Roger decidiu dar uma guinada na sua vida profissional e pessoal. Há alguns dias, uma ideia teimava na sua mente: visitar o Solar da família, mudar de ares em busca de inspiração. Assim, ele fecha o apartamento, acerta as pendências com o proprietário do imóvel e parte rumo à sua terra natal.

Era uma sexta-feira de sol quando o escritor de contos de

mistério desembarcou na modesta rodoviária de Calmaria. Antes de pegar um táxi até o "Solar do Sossego", Roger se dirigiu a um pequeno restaurante às margens da estrada de terra. Chegou e foi logo sentar-se numa mesa do canto com vista para a mata. Pediu água mineral e um sanduíche natural. Sentou e ficou à espreita da rua, observando o movimento dos carros e pedestres. A poeira encobria a entrada principal da cidade... passavam carros, alguns ônibus de viagem e umas carroças abarrotadas de objetos para reciclagem. Roger pensava, com seus botões, o que seria da sua vida dali para frente. Tinha se apartado um pouco da família, que residia em peso numa outra cidade, e se encontrava ali meio que por impulso. Tinha retornado às suas origens, à pacata Calmaria de sua infância e adolescência.

Quando Roger terminou o seu lanche, consultou o seu relógio de pulso, que marcava quinze para o meio-dia. Decidiu ficar mais alguns minutos naquela contemplação... não tinha pressa. O restaurante estava quase vazio. Apenas um casal almoçava no outro lado do ambiente. Roger observara que a moça era muito bonita e havia percebido uns olhares furtivos para ele de quando em quando. Ela parecia bem mais jovem do que o homem que a acompanhava. Aqueles olhos castanhos lhe chamaram a atenção por uns instantes. Quando o homem levantou para ir ao banheiro, a moça voltou os olhos para o escritor.

Roger percebeu um sutil sorriso nos lábios finos. A jovem fez menção de ir até a sua mesa, mas ele a barrou nessa intenção com um gesto discreto. A moça, então, tornou a sentar e curvou a cadeira de costas para o escritor. Por instantes, Roger sentiu uma palpitação forte ao cruzar o seu olhar com aquela jovem de cabelos longos. Mas, logo se recompôs e desviou o seu olhar para a janelinha ao lado quando o acompanhante retornou à mesa. Em instantes, Roger percebeu uma discussão do casal. O homem levantou a voz a tal ponto que o garçom se aproximou e perguntou algo. Em segundos, o indivíduo levantou e saiu disparado pela porta do bar, deixando a moça sozinha à mesa.

O garçom se afastou e a mulher olhou de forma desolada para a rua. Do seu canto, Roger observava a cena. A bonita jovem voltou os olhos para o escritor, sorriu maliciosamente, pegou a sua bolsa, levantou e, antes de ir embora, passou por onde ele se encontrava, deixando um cartão sobre a mesa. O escritor observava a cena sem dizer qualquer palavra. Em instantes, se vê sozinho ali a olhar para a rua. Pegou o cartão e leu o nome da mulher misteriosa: Rebeca Mendes, advogada. No cartão havia também o e-mail e telefone.

Roger consultou o seu relógio: quinze minutos para uma hora. Olhou mais uma vez o cartão e o guardou na carteira. Pagou a conta e saiu caminhando pela lateral da rua poeirenta. Mais à frente, chegou a um ponto de táxi. Entrou num sedan amarelo e saiu no sentido do "Solar do Sossego".

A CHEGADA AO SOLAR

Depois de meia hora, vagando por uma estrada poeirenta, o carro chegou em frente a um enorme portão de ferro. Havia ligado para o caseiro, o Sr. Luís, e informado que iria passar uns tempos pelo sítio. O homem o conhecia desde a infância. Havia chegado ainda garoto ao Solar e estreitado as suas relações com o pai de Roger, que o tratava como a um filho.

O homem aguardava do outro lado. Cumprimentou Roger e abriu o portão para o carro passar. Dali para a casa não demorava cinco minutos de carro. Enfim, Roger chegou à casa onde nasceu.

Ao descer do carro, Roger se vê diante do imponente e aprazível "Solar do Sossego". Um lugar agradável, cercado de árvores frutíferas e plantas. Em instantes, alcança o terraço imenso, repleto de samambaias e cadeiras de balanço. Sentou-se numa delas e contemplou aquele lugar que jamais lhe saiu do coração. Logo, o caseiro chega, o cumprimenta, pega a mala e a leva para o interior da casa. Roger ainda se demorou um pouco no terraço, tempo suficiente para ver, ao longe, um par de burricos pastando, ouvir cantos de pássaros e ser acariciado por um cachorrinho branco que chega até os seus pés e depois sai em disparada rumo ao pátio.

Em minutos, o senhor Luís retorna e pergunta ao escritor se ele já havia almoçado. "Fiz um lanche, amigo, não se preocupe", logo responde. Então Roger troca algumas palavras com o caseiro e se dirige para o interior daquela casa repleta de recordações. Passa pela sala de estar, um ambiente apinhado de móveis de estilo colonial, poltronas confortáveis e uma imensa lareira. Roger para e contempla aquela sala onde passava boa parte do seu tempo mergulhado em leituras, estirado nas poltronas de couro. Depois, sobe uma pequena escada em caracol e chega ao seu quarto, que ficava ao lado do de seus pais. Mais à frente havia outro quarto maior que era ocupado por seus dois irmãos mais jovens, ali no primeiro andar. Na casa ainda existia um sótão, que ficava acima do quarto de Roger, onde se guardava de tudo. O acesso a ele era por uma escadinha retrátil, construída em uma estrutura de madeira e alumínio, que ficava bem ao lado do guarda-roupas. O Solar tinha ainda outros cômodos que serviam para abrigar os familiares que vinham, ocasionalmente, passar temporadas de férias.

O Sr. Luís havia caprichado na preparação do quarto de Roger, que exalava um aroma de lavanda. Lençóis brancos estavam caprichosamente dobrados sobre a cama imensa de madeira e, à janela, um vasinho com coloridas flores do campo, ainda fresquinhas, completavam o agradável ambiente. A janela dava para a mata cerrada atrás do Solar e, àquela hora do começo de tarde, apesar de um dia quente, era farta e agradável a brisa que adentrava por ela. Roger se acomodou sobre a cama, tirou os mocassins, desabotoou a camisa e deitou, recostado num felpudo travesseiro branco.

DE VOLTA À REALIDADE

Apesar das boas recordações, Roger lembrou que queria passar uma temporada ali para se motivar e reciclar o seu estilo de escrita. Estava desanimado com o seu último livro publicado que havia estagnado, pois já havia passado três meses do seu lançamento e não havia contabilizado pelo menos uma venda. Algo estranho para um escritor acostumado a ter vários e fiéis leitores. Questionava-se se teria sido a sua nova estratégia de vendas que não funcionara com o seu público, posto que, o livro fora publicado apenas no formato digital. Chegou até mesmo a desconfiar de um complô do seu ex-agente e editores, para prejudicá-lo, o que não fazia muito sentido... e desvencilhou-se de tal pensamento. Em verdade, ser reconhecido e sobreviver no mercado literário, bastante competitivo e diversificado, era um grande desafio.

O escritor consulta o relógio de pulso e deita. Daquela tarde só se lembraria mesmo da chegada, pois iria acordar perto das oito horas da noite com as batidas do Sr. Luís na porta. "Meu patrãozinho, o jantar está servido!, gritou de fora o homem. "Só um instante, seu Luís, que eu já vou!, respondeu.

O escritor levantou, foi até o banheiro, lavou o rosto na pia, desceu as escadas e chegou à copa. Esperavam-no o caseiro e o seu filho Jaime, que tinha mais ou menos quinze anos de idade, um rapaz alto e robusto e com olhar meio sombrio. Roger os cumprimenta e senta à cabeceira da mesa, lugar outrora ocupado por seu pai, já falecido. A mesa farta preparada com esmero pelo Sr.

Luís, o caseiro, tinha pães, bolos, ovos fritos, queijo, sopa de frango com legumes e café fresquinho no bule. Roger agradeceu aquela fartura e se pôs a comer. Sentados à mesa, o caseiro e o seu filho lhe fizeram companhia e também aproveitaram o pequeno banquete.

Passada meia hora, Roger termina a refeição com mais um gole de café quente e se dirige à varanda do Solar. A noite está clara, a lua cheia ilumina a passarela que dá acesso ao palacete. Ele observa o movimento das árvores e vez em quando rajadas de vento invadem o local, trazendo consigo o cheiro de mato que o escritor conhecia bem.

Porém, havia algo estranho naquela paisagem bucólica. Ao longe, à altura da porteira, Roger observa uma luz intermitente. Levanta da cadeira, desce os poucos degraus até o chão de terra e caminha mais alguns passos quando percebe alguém pulando o portão de ferro para o lado de fora da propriedade. Roger acelera o passo, vai até lá e procura por pegadas no chão mas não as encontra. "Estranho, havia um sujeito aqui, a poucos instantes", pensa. O escritor destranca o portão e caminha alguns passos na área externa. A lua cheia clareava o solo com uma nitidez assustadora.

De repente, Roger percebe alguém passando pelo portão e correndo no sentido da casa. "Ei, você! O que está fazendo?". Uma silhueta feminina some entre duas árvores que ficavam bem à frente da varanda. Dava para ver as saias longas que a criatura usava que esvoaçavam com o vento. Roger fecha a porteira e retorna ao terraço. Olha para os lados e não vê ninguém. Senta numa cadeira de balanço e fica em vigilância.

"O que estará acontecendo?", reflete. Logo, o caseiro chega até o escritor e se despede, desejando-lhe boa noite. Roger agradece, entra e se dirige à sala de estar, se acomodando numa das poltronas de frente para a lareira que ainda tinha uma pequena labareda de fogo.

O REENCONTRO INESPERADO

Dali a instantes, o escritor alonga o corpo na confortável poltrona de couro e adormece. De súbito desperta e, em um sobressalto, levanta o olhar. Um rosto conhecido o fitava. Sentada na poltrona da frente, a advogada Rebeca o observava em silêncio e no canto da boca trazia um sorriso carregado de malícia.

De pronto, Roger interroga a mulher:

— Mas o que a senhorita faz em minha casa a essas horas?

— Não se assuste, senhor, pois sou frequentadora da casa também. Sou filha do Sr. Luís. O senhor não deve lembrar de mim, quando criança pois fui criada em outra cidade e morava com a minha mãe, Dona Josefa.

Ainda assustado, Roger vê o caseiro entrar na sala.

— Ora, ora, Seu Roger, vejo que já conheceu a minha pequena, a minha Rebeca.

— Não sabia que tinha uma filha, Sr. Luís.

— Pois é, senhor, é minha filha esta linda criatura que veio me visitar.

Depois, a beldade retomou a palavra:

— Senhor Roger, agora que já sabe quem sou, pode ficar tranquilo...

— Então era a senhorita que eu vi lá fora há pouco? - indagou ainda surpreso.

— Eu mesma, senhor, de corpo e de alma... - completou.

Aquela frase tinha algo de enigmático. A última palavra soou estranha...

— Relaxe, patrão, ela não morde. É a criatura mais dócil que eu conheço... - completou o caseiro.

— Desculpe-me chegar assim de forma abrupta, senhor.

— Tudo bem, moça, desculpe-me também pelo mal jeito. É que eu não sabia da sua existência... - completou, Roger, agora mais calmo.

— Sr. Roger, a minha menina vai passar a noite aqui. Amanhã, ela voltará para casa da mãe - falou o senhor Luís.

— Por mim, ela pode ficar quanto tempo for preciso. A casa é ampla e...

— Muito obrigada, senhor, mas eu preciso voltar amanhã. Tenho muito trabalho para realizar, estou envolvida com um processo que trata de um caso delicado, sabe?

— Caso delicado? De que se trata, senhorita? – perguntou o curioso escritor.

— É um caso de feminicídio, que aconteceu há alguns dias lá na minha cidade. Estou trabalhando para a família da vítima. Foi uma coisa atroz o que ocorreu. Coisas de homem machista... - completou a advogada Rebeca.

— Sei... sei... esses comportamentos são inaceitáveis.

— Então, minha filha, estamos conversados. O Sr. Roger agora quer descansar, não é, patrão?

Roger não gostava muito daquele tratamento: "patrão". Preferia que o tratassem pelo nome.

— Boa noite, Sr. Roger.

— Boa noite, moça. Respondeu Roger.

Então, pai e filha se recolheram aos seus aposentos. Como era uma visitante do Solar, Rebeca se dirige a um dos quartos do primeiro andar. Roger permaneceria na sala ainda por um bom tempo naquela noite. Na lareira, alguns restos de madeira ainda estalavam. O escritor matutava com seus botões. A filha do caseiro era uma novidade e tanto. A certa altura, levanta e procura algo para beber. Encontra uma garrafa de conhaque numa cristaleira antiga no canto da sala, serve-se em uma taça de vidro e retorna à poltrona. Com dois goles profundos, o líquido quente desliza garganta abaixo. Volta a se servir da bebida e, desta feita, caminha até a porta da frente.

Abre a porta e observa a varanda escura. Mais à frente, um poste clareava a passarela da entrada. Roger fica alguns minutos em pé, ali, escorado à porta. Bebe mais um gole de conhaque e, ao virar e fechar a porta, é surpreendido pela presença de alguém numa das poltronas.

Rebeca o observava. Tinha um *notebook* sobre as coxas, parcialmente cobertas. Usava um vestido vermelho que brilhava sob a luz do luxuoso lustre localizado bem acima de onde estava. Antes que Roger dissesse qualquer coisa, a moça se pronunciou:

— Desculpe, senhor Roger, mas me deu vontade de descer e trabalhar um pouco. Não sei se o incomodo...

— Não, não. De forma alguma, senhorita. Eu estou mesmo sem sono e pensava aqui comigo, como a vida pode ser curiosa...

— Curiosa?

— Sim, muito curiosa...

— Verdade, mas obrigada, senhor. Eu não vou me demorar muito...

— Você quer beber alguma coisa?

— Um vinho, talvez... - respondeu a advogada.

Então, Roger vai até a cristaleira e, por sorte, encontra uma garrafa de vinho branco, ainda lacrada. Corre até a cozinha e, em minutos, volta com duas taças nas mãos. Oferece uma a Rebeca. Despeja o líquido precioso na taça. Senta na poltrona da frente e propõe um brinde. "À saúde... e à vida". Brindam e bebem um gole do precioso líquido. Em seguida, a moça volta-se para o *notebook*. Roger a observa. Por um instante, Rebeca ergue o olhar na sua direção.

Então, o escritor levanta com a taça nas mãos e caminha um pouco próximo à lareira. Logo se vira e pergunta, de súbito:

— Aquele rapaz, que a acompanhava no bar, era...

— Meu namorado, o Mateus. A gente brigou. Resolvemos dar um tempo. Essas coisas de amor são complexas, sabe?

— Sim, eu sei. Coisas complexas...

— É casado?

— Não.

— Mas já esteve apaixonado, eu presumo... - perguntou, a entusiasta advogada.

— É, acontece, às vezes, de a gente perder a razão por alguém... – respondeu-lhe.

— Aí, você faz coisas que se arrepende depois e... – concluiu a jovem.

— Coisas de que tipo, senhorita?

— Ah, eu não saberia lhe explicar... não sou escolada nisso...

— Entendo.

— Entende?

— Sim, pode acreditar, já estive enamorado...

— Sofreu muito por alguém... valeu a pena? - perguntou, curiosa, a atraente filha do caseiro.

— Valeu enquanto durou. Depois, eu me conformei com o destino...

— Ela casou com outro, posso crer... – deduziu a jovem.

— Não foi bem assim. Ela cometeu um deslize imperdoável.

— Ah, certo... entendi. Nesse caso, fez bem em terminar. São coisas da vida, meu amigo.

Nisso, Rebeca se volta para o seu trabalho. Roger caminha mais um pouco na sala e retorna à poltrona aconchegante. Serve mais um vinho à visitante e também derrama mais uma taça em sua boca sedenta. E assim, permanecem por cerca de uma hora, num clima meio esquisito, em silêncio, de frente para uma lareira quente. Depois, a moça levanta, se despede e sobe para o seu quarto. Meia hora depois, Roger também resolve recolher-se. Chegando no seu quarto, vai até a janela e observa o breu atrás da vidraça. A lua já ia alta e dava para ver pouco além da casa. As árvores balançavam vez em quando com as rajadas do vento.

UMA MADRUGADA INQUIETANTE

O pensamento do escritor ia longe. No quarto ao lado, dormia a mulher estranha e linda que havia conhecido há menos de um dia. Roger deu-se conta que fazia tempo que não se envolvia em um novo relacionamento afetivo. Nos últimos tempos, só tinha olhos para a sua carreira literária que parecia, no momento, estar em franco declínio.

Roger apagou a luz do abajur na cabeceira. Recostou-se no travesseiro e deitou. Conferiu as horas no relógio: meia-noite e meia. Ainda ficaria cerca de uma hora em seus pensamentos ativos; o sono demorou a chegar. A sua carreira, a mudança de ares e... agora a advogada Rebeca ocupavam a sua mente. A visão daquela mulher misteriosa o perseguiria nos sonhos daquela noite.

Roger adormece e logo é visitado por um sonho inusitado. Nele, Rebeca lhe aparece em trajes ínfimos no seu quarto. Estava rente à janela, que se encontrava aberta, por onde passava um vento gélido que acariciava o corpo esguio da encantadora moça. Esta, tinha o olhar voltado para fora da casa e Roger a observava, atento aos seus gestos e, ao mesmo tempo, admirando a beleza daquele ser, com seus cabelos esvoaçantes e sedosos, uma cintura fina e coxas parcialmente desnudas. Rebeca usava um conjunto róseo de short e blusa de seda transparente que esvoaçava com o vento forte.

Roger se encontrava deitado na cama, usando um confortável pijama cinza curto. Estava coberto por um lençol branco e tinha a cabeça recostada num felpudo travesseiro. De súbito, a moça enigmática volta-se para ele, afasta-se da janela e aproxima-se da cama. Depois, senta bem ao lado do jovem escritor. Ela tinha algo indecifrável por trás daquele olhar fascinante... onde o globo ocular da jovem disparava uma luz misteriosa e intermitente. Um brilho intenso ofuscou o olhar do moço fascinado, que se assusta e cobre-se com o lençol até a cabeça. Rebeca continuava calada à beira da cama. Roger a observava sem mover um dedo sequer. Em questão de segundos, uma assustadora ventania invade o quarto e Roger presencia um fenômeno muito estranho.

Com o vento forte, Rebeca é arrastada para fora do quarto quando um redemoinho se forma. A porta do quarto se abre e a moça desaparece em meio a uma ventania assustadora. Roger vê tudo aquilo acontecer diante dos seus olhos sem nada poder fazer. Logo o redemoinho cessa e a porta do quarto fecha sob uma violenta batida. Nisso, ele cai no solo, rente à cama. Assustado e com a pulsação nas alturas, finalmente, ele desperta do sonho aterrador.

Roger demora alguns minutos para voltar a si com o coração ainda envolto em forte agitação. A visão da bela advogada em trajes menores não o abandonava. E aquele desfecho estranho do sono ainda atormentaria a sua consciência por um bom tempo.

UM NOVO AMANHECER

O dia começou devagar para o escritor de mistério. Acordou às oito horas, mas permaneceu na cama ainda por algum tempo até ouvir pancadas à sua porta. A cabeça latejava devido à mistura alcoólica da noite anterior. Levantou, vestiu uma calça jeans e ao abrir a porta deparou-se com o filho do caseiro - Jaime -, que veio chamá-lo para o café.

Em minutos, Roger desceu e se dirigiu à copa. À mesa, já se encontravam o Sr. Luís, o seu filho Jaime e a linda filha Rebeca. Após os cumprimentos, Roger senta-se para o desjejum.

— Como foi a sua noite, patrãozinho? - perguntou o caseiro.

— Tranquila, Sr. Luís.

— Que bom, meu caro.

Rebeca comia sem erguer os olhos. Roger ficou por uns momentos a observá-la. O semblante da moça havia mudado. Parecia triste. Quase que a interpelava mas desistiu a tempo. Serviu-se de café.

Não demorou para Rebeca levantar e se dirigir para o seu quarto sem dizer qualquer palavra. Roger estranhou o seu comportamento e questionou o caseiro:

— Algum problema com a sua filha, Sr. Luis?

— Não ligue para ela, Sr. Roger. As mulheres são assim mesmo. São misteriosas. De uma hora para outra mudam o comportamento e a gente não sabe o porquê... coisas de mulher, o senhor sabe...

Roger compreendeu que o assunto não deveria prosperar e,

então, silenciou. No outro canto da mesa, Jaime observava tudo. Em certo momento, olhou para o pai e deu uma piscadela. Roger não compreendeu aquele gesto e continuou a sua refeição.

Em minutos, Roger levantou e seguiu para o seu quarto. Antes de entrar, percebeu a porta do quarto ao lado entreaberta. Aproximou-se e bateu. Aguardou um pouco e bateu mais duas vezes. Silêncio total. Escancarou a porta e viu a cama arrumada ali na sua frente. Nenhum vestígio da bela advogada. "Que estranho, ela tinha acabado de subir", pensou.

Entrou no quarto e parou, quando viu a porta do guarda-roupa aberta. Aproximou-se e notou, na parte mais baixa, uma caixinha com vários cartões de visita – igual ao que havia recebido da advogada. Ao lado, havia um par de sapatos feminino, vermelho escarlate, e brincos de pérolas que brilhavam com o reflexo da luz natural. Esse momento de contemplação foi rompido quando percebeu um murmúrio vindo da parte externa da casa. Dirigiu-se até a janela para ver o que estava acontecendo.

ALGO ESTRANHO NO AMBIENTE

Lá embaixo, estava um táxi sedan amarelo parado e três pessoas próximas a ele. Roger de pronto reconheceu Rebeca. Ela usava o mesmo vestido da noite anterior. Ao seu lado, o seu pai e o irmão, Jaime. Cumprimentaram-se com abraços e Rebeca entrou no veículo. Acenou para os seus parentes e ordenou ao motorista para que prosseguisse. Quando o carro arrancou, um curioso redemoinho se formou na sua traseira, levantando uma poeira tão intensa que Roger rapidamente perdeu o carro de vista.

Depois, voltou os olhos para o outro lado e, estranhamente, o escritor não mais avistou o caseiro e o seu filho. Então, decidiu ir lá fora para esclarecer a situação. "Mas, por que ela foi embora sem se despedir de mim, o que terá havido?", Roger se questionava. "Será que o caseiro não gostou da nossa proximidade ou há algum segredo familiar macabro?"

Roger desceu rapidamente as escadas e, ao passar pela sala de estar para e se assusta com o que vê. As poltronas de couro estavam posicionadas rentes às janelas, o lustre de cristal havia sumido e na lareira, não havia qualquer sinal de madeira ou mesmo cinzas. Então, o escritor transitou rápido por aquele ambiente esquisito e alcançou a copa. Novamente ficou estupefato com o local. Havia apenas uma grande mesa de madeira e somente uma cadeira ao lado. No balcão não havia uma louça sequer e no armário encontrou apenas alguns cacarecos de plástico, um bule antigo de alumínio, xícaras de vidro amarelo, pratos de louça branca e um par de talheres de prata já bem carcomidos. Havia ainda alguns pregadores de roupa espalhados pelo piso da cozinha e na dispensa, não tinham alimentos ou outros itens guardados.

Então, Roger começa a pensar que estava em estado alucinatório. Ele corre para abrir a porta da sala, quase tropeça na soleira e rápido se vê no terraço amplo, onde pode respirar aliviado. Aquele ambiente estava como no dia passado, as cadeiras de balanço e as plantas estavam ali nas mesmas posições. Roger desceu temerosamente os poucos degraus até o chão de terra e caminhou no sentido da entrada da propriedade. Não demorou para ele perceber que não estava sozinho. A poucos metros do portão, no interior da propriedade, um homem o observava.

Roger se aproximou e interpelou o estranho:

— Bom dia, amigo, o que faz nessa propriedade?

— Bom dia, Sr. Roger.

— O senhor me conhece? Não me lembro de tê-lo conhecido...

— Sim, senhor. O meu nome é Carlos. Eu sou amigo do Sr. Luís, quer dizer, era! - respondeu o senhor de meia-idade.

— O que o senhor quer dizer com "era", como assim? - pergunta Roger.

— Ah, o senhor ainda não sabe do ocorrido com ele e o seu filho...

— O que houve, afinal, senhor? Agora, o senhor me assustou... me diga, por favor, o que está havendo e por que está aqui? - indagou Roger, nervosamente.

— Eu sinto informá-lo, Sr. Roger, mas o Sr. Luís e o Jaime não estão mais entre nós. Eles partiram para o outro mundo ao sofrerem um grave acidente de carro próximo à entrada da cidade.

— Meu caro, isto não é possível, pois falei com eles há pouco, no café da manhã - completou Roger.

— Vamos tirar isso a limpo, Senhor. Que dia da semana é hoje?

— Sábado, eu creio... cheguei ontem por aqui - afirmou o escritor.

— Pois o senhor se engana. Hoje já é terça-feira e o acidente aconteceu no domingo. Inclusive, a filha do Sr. Luís veio ontem aqui e me pediu para ficar olhando o Solar, enquanto tomava as providências do enterro dos seus entes - completou o Sr. Carlos.

— Rebeca esteve aqui? Nossa, eu acho tudo isso muito improvável, meu amigo. E a moça, onde está agora? - perguntou, incrédulo, Roger.

— Eu não faço a mínima ideia, senhor. Ela disse apenas que eu zelasse pelo lugar e que retornaria em alguns dias para cuidar de tudo.

A essa altura, Roger entra em parafuso. Tudo é muito surreal, improvável. Não compreendia o lapso temporal que não lembrava. Não devia, à primeira vista, dar crédito a um estranho que, do nada, surgiu ali no Solar e veio com uma história sinistra. O escritor pensa um pouco e então dispensa o homem misterioso que sai caminhando pela estrada de terra deserta.

ENTRE SONHOS
E REALIDADE

Roger retorna para o Solar. Tranca as portas e sobe para o seu quarto. Lá chegando, tira os sapatos e deita na cama. Estava cansado de tudo aquilo e, dentro em pouco, mergulha no sono profundo. Daí a pouco, Roger começa a ouvir sussurros próximos à sua orelha direita. Uma voz feminina lhe falando algo incompreensível. É estranho porque ele dorme, porém a sensação é de estar desperto. A voz torna-se mais clara e Roger percebe alguém chamando pelo seu nome: "Roger.... Roger... Roger, por favor... acorde, Roger...

O escritor desperta assustado. Está olhando para o teto do quarto quando, de repente, uma sensação estranha lhe invade: tinha a nítida impressão de não estar sozinho na cama. Então, ele fecha os olhos, procurando conter a tensão nervosa, e fica assim por alguns minutos, imaginando que aquilo não passava de um pesadelo. Finalmente, ele ganhou coragem, abriu os olhos e teve uma surpresa ao fazê-lo. Ao seu lado, parcialmente envolta num lençol branco, e aparentando não trajar nada por baixo, Rebeca tinha os seus olhos fixos nos do escritor.

De súbito, Roger pula da cama. Porém, retorna para ela quando a moça lhe faz um gesto com uma das mãos, para que ele deite ao seu lado. O rapaz atende ao pedido, deita bem próximo a ela e se curva de lado, ficando de frente para a beldade. Em segundos, os dois engatam um longo e molhado beijo na boca. Mas Roger não estava confortável com a situação. Algo estranho acontecia ali, quando a moça começou a sugar a língua do rapaz de uma forma mais vigorosa, assustando-o. Roger recua do ato e levanta da cama.

Ele veste a calça jeans e rápido calça os seus mocassins. Teme olhar para trás e parte em disparada para o andar de baixo. Chega à sala de estar e para. Olha em direção da escada e vê Rebeca cruzar o corredor do primeiro andar completamente desnuda. Roger, paralisado, perante aquela cena impensável, vê a moça bonita descer os degraus e se mover para o lado posterior da casa, sumindo nos arredores da cozinha. Roger caminha para a saída e, ao passar pela soleira, puxa com força o trinco e fecha a porta atrás de si.

O escritor de histórias de mistério continua com passos firmes, cruza o portão de ferro do Solar e o fecha com vigor. Então, ele pega o celular e faz uma ligação rápida. Em poucos minutos, um táxi amarelo estaciona bem em frente à entrada do "Solar do Sossego". Roger entra rápido pela porta traseira e o carro arranca, levantando uma nuvem de poeira.

Enfim, chegam à cidade de Calmaria. Roger pede ao motorista que se dirija ao bar onde ele fez a sua primeira refeição no dia da chegada. Ao chegar lá, paga a corrida e dispensa o carro. No estabelecimento, subitamente ele avista alguém conhecido numa mesinha do canto. Rebeca encontrava-se ali, sozinha, debruçada sobre a mesa anotando algo numa caderneta. O escritor sente um arrepio forte e estranho naquele momento.

Ao perceber a sua chegada, Rebeca ergue os olhos com uma expressão fechada. Não parecia nem de longe aquela criatura divina que Roger avistara no Solar. Trajava uma calça jeans escura, uma camiseta branca bordada e um casaco de couro preto. Ao vê-lo aproximar-se, ela o cumprimenta com um gesto de cabeça. Roger chega até a mesinha e interpela a jovem advogada:

— Como vai, senhorita?

— Bem, apesar de tudo, e o senhor?

— Estou ótimo. Eu posso sentar?

— Sim, por favor.

Então, Roger puxa uma cadeira e se senta de frente para a moça, sem desviar a atenção daqueles olhos fascinantes.

— O senhor, acredito, já soube do ocorrido com o meu pai e o meu irmão...

— Do acidente? Sim, já fui informado pelo Sr. Carlos.

— Senhor Carlos? Quem é esse cidadão? - perguntou, surpresa, a advogada.

— O homem que a senhorita pediu para ficar olhando o Solar por alguns dias e...

— Eu não tenho ideia de quem o senhor está falando, Sr. Roger.

— Mas, então, quem é aquele senhor com que eu falei esta manhã, antes de vir à cidade?

— Tem certeza que está no uso pleno de suas faculdades mentais? – retrucou a jovem.

— Claro, moça, eu não estou maluco, como pode pensar... - respondeu, convicto, Roger.

— Desculpe-me Sr. Roger... Eu estou indo até a minha cidade, daqui a pouco. Já chamei um táxi e ele deve chegar em breve.

— Meus sentimentos pelo ocorrido com os seus parentes, senhorita.

— Obrigada, senhor. Vai retornar para o Solar? Se quiser, lhe dou uma carona até o local... fica no caminho.

— Ótimo, eu estava mesmo precisando pegar umas coisas que esqueci por lá.

Depois de tomar uma água, Roger entra no táxi, na companhia de Rebeca. O carro parte rápido e, depois de uns vinte minutos, estaciona à entrada do "Solar do Sossego". Roger pede que o esperem na entrada e vai até o casarão. Abre a porta da frente, se dirige ao seu quarto, recolhe o seu notebook e pega umas peças de roupa, colocando-as numa mochila de couro. Roger desce, tranca a porta da casa e dirige-se para o táxi que o aguardava. Fecha o portão e entra no carro, levando os poucos objetos que recolhera.

UMA LUZ NO CAMINHO

Olha para a advogada e sorri levemente. Ela não retribui o gesto carinhoso e, então, ele ordena ao motorista para que siga a viagem. O carro começa a se deslocar no sentido oposto ao do Solar. Roger olha pela janela para o aconchegante patrimônio da família.

Do banco do passageiro, o escritor de tramas sombrias olha pelo retrovisor tentando alcançar a face rosada de Rebeca. A moça tem o olhar distante, perdido na paisagem através da janela lateral. Roger compreende a situação delicada que ela vivia no momento. Duas perdas repentinas... precisava reorganizar a sua vida, por certo. O carro aumenta a velocidade fazendo o Solar sumir numa densa nuvem de poeira.

O escritor continuava atordoado, sem saber que rumo daria à sua vida dali em diante. Os acontecimentos intensos e misteriosos dos últimos dias lhe deixaram desorientado. Fora uma breve e improdutiva estada no "Solar do Sossego". Nada havia produzido, nem sequer uma linha do novo romance, como havia pretendido.

De repente, Roger Jackson deu-se conta de que, apesar de tudo, a situação inquietante experimentada trouxe-lhe um farto e interessante material, fonte de inspiração, a ser desenvolvido em futuros trabalhos literários.

BOOKS BY THIS AUTHOR

O Lar Das Borboletas Azuis

Encontro Sinistro

Siga este autor no Instagram para conhecer outros trabalhos.

https://www.instagram.com/odiliojunior_escritor/